UN FUTBOLISTA FABULOSO

DE JAKE MADDOX

Texto de Sigmund Brouwer
Ilustrado por Katie Wood

STONE ARCH BOOKS
a capstone imprint

Publicado por Stone Arch Books, un sello editorial de Capstone.
1710 Roe Crest Drive, North Mankato, Minnesota 56003
capstonepub.com

Los datos de catalogación en la publicación están disponibles en el sitio
web de la Biblioteca del Congreso.

ISBN: 9781669006886 (tapa dura)
ISBN: 9781669007197 (tapa blanda)
ISBN: 9781669007180 (libro electrónico en PDF)

Resumen: Cameron Jones no juega al fútbol porque le encante, sino
porque su papá cree que un día obtendrá una gran recompensa: una beca
universitaria. Cuando su papá tiene que trasladarse por trabajo y Cameron
pasa de la gran ciudad a un equipo de un pueblo pequeño, cree que puede
ser su oportunidad para alejarse del fútbol.

Diseño: Elyse White
Traducción: Carolina Garrido
Especialista en producción: Polly Fisher

ÍNDICE

CAPÍTULO 1

MALAS NOTICIAS

Cameron Jones se ubicó detrás de la línea de banda en el centro de la cancha. El árbitro le entregó el pelota para que la lanzara hacia los jugadores que la esperaban. Quedaban tres minutos de partido. El equipo de Cameron, los Royal Blues, vencía a los Cardinals 3 a 2. Si ganaban hoy, su equipo se aseguraría el primer puesto de la liga.

Con la pelota sujeta firmemente con ambas manos por encima de la cabeza, Cameron observó el campo. Los Royals llevaban camisetas azules. Los Cardinals vestían de rojo.

«Cuidado», se dijo Cameron por encima del

ruido del público. «Cuidado».

Había al menos 200 personas viendo el partido desde las gradas. Se trataba de la liga de primera categoría para el nivel de la edad de Cameron, que consistía en su mayoría en alumnos de octavo grado.

Las estrellas de esta liga tenían un futuro brillante. A los mejores jugadores les faltaban pocos años para entrar por la vía rápida en los programas que conducían a las becas universitarias.

Por eso él y su padre pasaban al menos media hora todas las noches haciendo ejercicios de fútbol, sin importar el tiempo que hiciera. Si llovía demasiado, el padre sacaba los autos del garaje y hacía sitio para que Cameron practicara allí en vez de afuera.

La recompensa final sería una beca universitaria. Al menos eso esperaba su padre.

Mientras Cameron buscaba algún hueco entre los Royals, la voz de su padre le resonaba en la cabeza. «No intentes hacer demasiado. Bajo presión, es demasiado fácil cometer un error. Juega con las probabilidades. Juega a lo seguro».

Como si su padre pudiera leerle la mente, Cameron oyó una voz familiar que venía desde las gradas.

—¡La opción inteligente, Cam! —gritó el padre—. Tú puedes. La opción inteligente.

Cameron sabía lo que quería decir.

«Las opciones inteligentes son más fáciles de realizar que las grandes jugadas». Al menos eso era lo que su padre decía siempre. «Elige la opción más inteligente cada vez que tengas la pelota. Así conseguirás una beca universitaria. Las opciones inteligentes son importantes»

Por eso Cameron estaba en los Royal Blues. El entrenador era conocido por orientar a los jugadores para que eligieran opciones inteligentes. También tenían la mejor disciplina y sabían jugar en equipo.

El problema era que a Cameron ya no le importaba. El fútbol ya no le divertía. No era como antes. La emoción había desaparecido. Ahora solo se trataba de elegir opciones inteligentes. Pero ¿qué importaba si ya no quería jugar realmente? Abandonar no era una opción.

Cameron volvió a concentrarse en el juego y respiró profundo. Se recordó a sí mismo que, cuando lanzara la pelota, debía mantener los dos pies en el suelo.

Otro consejo de su padre le pasó por la mente: «Repítelo una y otra vez para que se convierta en rutina en la práctica, porque la rutina no existe en una situación de presión».

Cameron buscó un jugador azul que estuviera libre. No fue fácil. Los Cardinals obstruían el centro de la cancha. Esto impedía un ataque directo. Otros jugadores contrarios se movían por los bordes. Se pegaron a los compañeros de Cameron y eliminaron cualquier objetivo fácil.

Fingió un lanzamiento en una dirección. Entonces vio que su compañero de equipo, Steve Martindale, se desmarcaba en el otro lado del campo. _____

Steve se detuvo. Corrió hacia adelante y fingió un movimiento hacia la izquierda. Luego giró hacia atrás. Steve estaba completamente libre. El tiro sería largo, pero se podía hacer. Y le permitiría a Steve realizar un buen ataque en la red.

Pero...

Ganaban por un gol y faltaban solo unos minutos para el final del partido. Lo único que tenían que hacer era mantener la pelota hasta el silbato final.

Cameron volvió a fingir el lanzamiento hacia Steve, y luego lanzó la pelota hacia la zona defensiva, donde otro compañero estaba totalmente libre.

Fue una jugada fácil. También fue la opción inteligente.

Los Royals Blues agotaron el tiempo, lo que les garantizó el primer puesto.

Era una buena noticia para Cameron, pero la victoria segura no le entusiasmaba.

Poco después de terminar el partido, se encontró con su padre en el estacionamiento.

—Buena jugada, Cam —dijo su padre, James Jones. Todavía llevaba el traje de la oficina.

Caminaron hacia el auto. Su padre se detuvo y puso una mano en el hombro de Cameron.

—Hijo, ojalá no tuviera que darte esta noticia después de un partido tan bueno, pero me han trasladado en el trabajo. Tenemos que mudarnos a una ciudad pequeña que se llama Evansville —explicó.

—¿Cómo? ¿Evansville? —dijo Cameron y miró fijamente a su padre, confundido—. ¿Dónde queda Evansville?

CAPÍTULO 2

¿DÓNDE ESTÁ EL ENTRENADOR?

Dos semanas después, Cameron estaba solo en la línea de banda de la cancha de fútbol. Era sábado por la mañana y esperaba a que empezara el entrenamiento con su nuevo equipo. El entrenamiento tendría que haber empezado hace diez minutos, pero no había ni rastro del entrenador.

No le gustó lo que vio cuando un puñado de chicos empezó a juntarse en la cancha. Para Cameron, no se parecían en nada a ningún equipo de fútbol con el que hubiera jugado antes.

En primer lugar, nadie llevaba camisetas que hicieran juego con los shorts. De hecho, ninguna de las camisetas ni los shorts coincidían con la vestimenta de los demás jugadores. El equipo anterior de Cameron tenía uniformes especiales para los entrenamientos. Aquí, era como si cada jugador se hubiera levantado de la cama y hubiera recogido lo que había en el suelo para ponérselo.

En segundo lugar, no había conos colocados en el campo para los ejercicios de pase y tiro.

En tercer lugar, no había nadie para dirigir y organizar el entrenamiento.

«¡Ni rastro del entrenador!», pensó Cameron. El conjunto de jugadores, cada vez más numeroso, se quedó de pie en grupos pequeños, riendo y bromeando. Algunos jugadores pateaban las pelotas de fútbol.

En la ciudad donde había jugado toda su vida, había muchos equipos que necesitaban utilizar la cancha de fútbol. Nadie perdería el tiempo así durante las pocas horas que se daban para una sesión de entrenamiento.

Cameron se dijo a sí mismo que no era sorprendente. Parecía que Evansville apenas tenía más que dos semáforos. No debía esperar mucho del único equipo de la zona que pertenecía a su grupo de edad. Sobre todo, después de que él y su padre buscaran en internet si el entrenador y el equipo eran buenos. Averiguaron que el nombre del entrenador era Kelly Harrison, pero salvo el calendario de partidos, no tuvieron resultados al buscar "Kelly Harrison + fútbol + Evansville".

Sin embargo, había un lado positivo. Durante el último año, había estado esperando la oportunidad justa para dejar el fútbol. Ya no le divertía jugar. Un equipo tan malo le daría una buena excusa. Una salida segura que, con suerte, su padre aceptaría.

Cameron no pudo evitar sentirse culpable con este pensamiento. Miró a las gradas y vio a su padre. Se sentiría muy decepcionado con él si dejara el fútbol.

También le sorprendió que, a excepción de su padre, las gradas estuvieran vacías. En la ciudad, incluso para un entrenamiento, las gradas estaban llenas de padres.

Cameron se volvió hacia la cancha y vio a un jugador caminando hacia él. Era alto y delgado, y tenía una cabellera rubia que sobresalía en todas las direcciones.

—Hola, soy Drew Allen. Eres el chico nuevo. Cameron, ¿verdad? —dijo—. Te esperábamos. Bienvenido a los Blazers.

—Gracias —dijo Cameron—. Este... ¿dónde está el Sr. Harrison?

—¿Sr. Harrison? No nos entrena un señor —contestó Drew y rio.

Cameron se sintió confundido. Quizá se había equivocado de equipo. No. Drew y los demás jugadores lo estaban esperando. Pero...

—El entrenador Kelly Harrison —dijo Cameron, casi en tono de pregunta—. Por teléfono, su esposa nos dijo que podíamos venir.

Ni siquiera había preguntado si Cameron era habilidoso. Solo había dicho que le daban la bienvenida a Cameron al equipo. ¿Qué tan buenos podían ser los Blazers si no era necesario hacer una prueba para el equipo?

Drew rio.

—La entrenadora Kelly es una mujer. Probablemente estabas hablando con ella —dijo—. Es fácil confundirse, supongo, con un nombre que podría pertenecer a un hombre o a una mujer.

«¿Ella? ¿Tenían una entrenadora mujer?». Cameron sabía que su padre prefería a los entrenadores masculinos porque pensaba que controlaban mejor a los jugadores.

—Ah —dijo Cameron, intentando sobreponerse al hecho de que su entrenador fuera una mujer—. Y… ¿dónde está?

—Se acaba de casar y pasa la mayoría de los sábados por la mañana ayudando a su marido a administrar su negocio familiar —

dijo Drew—. Llega cuando puede. Pero no te preocupes. Siempre viene.

«No suena como una entrenadora que se preocupe mucho por dar su ejemplo al equipo», pensó Cameron.

Drew señaló por detrás de Cameron.

—¡Ya está aquí! —exclamó.

Cameron miró por encima del hombro. La entrenadora Kelly llevaba un pantalón deportivo blanco y plateado. Era de estatura media, con el cabello rubio corto y una gran sonrisa.

—¡Hola a todos! —saludó—. ¡Es la hora de los zapatos! Esta mañana no hay ejercicios de práctica.

—¿La hora de los zapatos? —preguntó Cameron a Drew.

Drew ya estaba agachado, quitándose uno de los zapatos.

—Sí —dijo, y se levantó sujetando el zapato—. Vamos a dividirnos en dos equipos. Tiramos los zapatos en un montón y luego dividimos el montón. La mitad llevará camisetas. La otra mitad jugará sin camisetas. Así es más fácil saber quién está en tu equipo para nuestro partido de práctica.

«Se podría hacer lo mismo con dos juegos de camisetas», pensó Cameron. Pero no dijo nada, solo se agachó y se desató el zapato.

Esperaba jugar en el equipo con camisetas. La única parte de su cuerpo que estaba bronceada eran los brazos, y no quería que nadie se riera de lo pálido que estaba todo el resto.

CAPÍTULO 3

YA ME LO AGRADECERÁS

—¡Justo ahí! —dijo su padre y saltó del sofá, señalando hacia la pantalla de la televisión. Apretó el botón de pausa del control remoto. Se giró hacia Cameron, entusiasmado—. ¿Quién está fuera de posición?

Cameron y su padre estaban viendo un partido de un Mundial de unos años atrás. Francia contra Inglaterra. Un mediocampista acababa de pasar la pelota a un compañero de equipo.

Cameron escaneó la pantalla. La cámara había retrocedido, mostrando la mayor parte de la cancha.

—Ese mediocampista de Inglaterra, —dijo Cameron—. Francia tiene la pelota. Debería estar marcando a su hombre. Pero está al menos a tres pasos de distancia.

«Marcando a su hombre». Si estuviese hablando con sus amigos, Cameron podría haber dicho "vigilar", no "marcar". Pero a su padre le gustaba ser exacto cuando se trataba de fútbol, y ese era el término que se utilizaba.

—Muy bien —dijo su padre—. Ahora sigue mirando.

El padre de Cameron rebobinó y volvió a hacer una pausa.

—¿Ves ese pase? Interceptado. ¿Por qué? —preguntó.

Cameron había visto montones de situaciones similares en la televisión. Eso era, en parte, lo que hacía que el fútbol se sintiera como un trabajo, no un juego.

—El delantero intentó hacerse el héroe —explicó—. Un pase largo. Si lo consigue, el otro delantero se desmarca. Pero tenía una posibilidad en diez de conseguirlo.

—Quizás una en quince —rebatió su padre.

Cameron reprimió su frustración. Parecía

que nunca tenía la respuesta "suficientemente correcta" para su padre. ¿Hacía alguna diferencia si era una en diez o una en quince? En cualquier caso, cualquier intento del jugador de ir a por el tiro largo era un riesgo que no merecía la pena correr.

—Vuelve a observar el campo. ¿Cuál era el pase más seguro? —preguntó su padre.

La respuesta era obvia para Cameron.

—Por detrás y a la derecha —dijo—. Entonces el delantero podría haberse abierto y obligado a los defensores a abrir el campo.

Oyó los aplausos a su espalda. Cameron sonrió al girarse y contemplar a su madre, que acababa de entrar en la sala. Era alta y tenía el pelo moreno hasta los hombros. Siempre parecía estar sonriendo.

—Ya se lo sabe, James —dijo—. ¿Quizás ahora me podrían ayudar a desempacar?

—Danos diez minutos más, cariño —dijo—. Me lo agradecerás cuando nuestro hijo consiga una beca.

—Diez minutos y ni un segundo más —dijo la madre de Cameron mientras se daba la vuelta y salía de la habitación.

—Papá, sobre esto de la beca —dijo Cameron y miró a su padre—. Tengo que decirte algo.

Quizá este fuera el mejor momento para decirle a su padre que no estaba seguro de querer esforzarse tanto por el fútbol. Sobre todo, porque parecía que el programa de fútbol de esta ciudad no era muy bueno.

—No me agradezcas todavía —dijo su padre con una sonrisa—. Todavía queda mucho trabajo por hacer.

Cameron amaba a su padre y odiaba la idea de decepcionarlo. Decidió esperar a que llegara un mejor momento para decirle que quería dejar el fútbol.

—Claro que sí —dijo, ahogando un suspiro.

El padre adelantó las imágenes de la televisión y se detuvo de nuevo.

—Mira lo que pasa porque el centrocampista se quedó fuera de posición cuando Francia interceptó la pelota —dijo—. ¿Es culpa suya?

Antes de que Cameron pudiera responder, su padre contestó.

—Claro que fue culpa suya. Debería haber jugado con seguridad —dijo—. El pase no le salió bien. Presta atención a cómo se desarrolla esto.

Con el centrocampista incapaz de quedarse con su hombre, Francia tenía una ventaja de seis contra cuatro. Seis atacantes contra cuatro defensores. Momentos después, Francia marcó. Se acabó el juego.

Su padre apagó la televisión y se acomodó en el sofá.

—He estado pensando en lo que dijiste sobre el entrenamiento de hoy. Sobre todo, en la falta de disciplina del equipo —dijo.

—Tú estabas allí —dijo Cameron—. La entrenadora llegó veinte minutos tarde. Lo único que hicimos fue jugar un partido de práctica todo el tiempo. No hubo ejercicios. Ninguna práctica de destrezas individuales.

—He dejado claro que no tenía más remedio que aceptar el traslado en mi trabajo, ¿verdad? —continuó su padre.

Cameron asintió con la cabeza.

—Por eso no puedo evitar el hecho de que juegues en un equipo de baja categoría en medio de la nada —explicó—. Pero puedo ayudar con la disciplina. Necesitamos que este equipo tenga éxito para que los buscadores de talentos lo tengan en cuenta. Pienso hablar con tu entrenadora y ofrecerme para ayudar.

—Bueno… —dudó Cameron.

—No me des las gracias hasta que consigas tu beca universitaria —bromeó nuevamente su padre—. ¿Verdad?

—Sí —dijo Cameron. Intentó mostrar entusiasmo. Para su padre era tan importante que él fuera una estrella—. Claro.

—Estupendo —dijo su padre mientras se levantaba del sofá—. Ahora vamos a ayudar a mamá.

CAPÍTULO 4

¿CITADINO?

—¡Vamos, Cam! ¡Tú puedes! —dijo la voz de su padre desde las gradas de los espectadores, detrás de él.

Cameron se estaba atando el zapato mientras los jugadores se preparaban para el comienzo del partido. Cuando terminó, se levantó y se dio la vuelta para mirar a los espectadores.

Vio que su padre le hacía la señal del pulgar hacia arriba. Cameron le hizo una a cambio. Aunque no sabía si realmente lo sentía.

Sabía que su padre grabaría el partido y que más tarde comentaría todas las decisiones que Cameron tomara durante el juego.

Cameron se volvió hacia la cancha.

—¡Ey, Cameron! —gritó Drew desde el centro de la cancha—. ¿Listo?

Cameron entró trotando en el campo para jugar contra los Chargers. Y, sin más, las camisetas naranjas de su equipo y las moradas de los Chargers se pusieron en marcha.

***

Faltaban cinco minutos para el final del partido y el marcador estaba empatado: dos a dos. Este partido no era de vida o muerte para el equipo de Cameron. Los Blazers solo necesitaban ganar uno de sus tres últimos partidos para pasar a las eliminatorias. Aun así, sería estupendo ganar hoy y asegurarse un puesto en los partidos del campeonato.

Cameron se dirigió hacia el otro arco y

corrió hacia un lugar abierto. ¡Estaba libre!

Los Blazers tenían la pelota. Kyle Fenton driblaba hacia un laberinto de jugadores. Era el corredor más rápido del equipo, y Cameron había quedado impresionado por la capacidad de Kyle para manejar la pelota.

—¡Libre! —gritó Cameron. Kyle miró hacia arriba. Había un camino fácil para hacer avanzar la pelota hasta Cameron. Kyle fingió un pase, pero se quedó con la pelota. Intentó hacer un movimiento para superar al defensor, pero perdió la pelota.

Los Chargers tomaron el control. Diez segundos más tarde, marcaron un gol y se adelantaron en el marcador.

Cameron corrió junto a Kyle.

—¿No me viste? —preguntó Cameron, molesto.

—Se ganan algunas y se pierden otras —respondió Kyle—. No sabes qué va a funcionar hasta que lo pruebas.

—Yo estaba libre —dijo Cameron, cada vez más frustrado—. Esa era la jugada inteligente.

—No te enojes, Citadino —dijo Kyle.

«¿Citadino?» A Cameron le sorprendió el tono de voz de Kyle. Lo de "Citadino" le pareció una grosería, como si Kyle estuviera enfadado porque Cameron hubiera señalado la jugada inteligente.

—Solo intento ayudar al equipo —dijo Cameron.

—¿Por qué no te relajas entonces? —respondió Kyle mientras se alejaba—. Estamos aquí para divertirnos. Y todavía queda mucho tiempo para que termine el partido.

Cameron decidió dejar de lado sus sentimientos y centrarse en la pelota. Lo único bueno era que su padre estaría de acuerdo en que Cameron había tomado la decisión inteligente.

Aproximadamente un minuto después, su concentración dio resultado cuando la pelota se escapó en su dirección.

Cameron la recuperó, dribló la pelota y avanzó lentamente por el campo en busca de un hombre que estuviera libre.

Y ahí estaba: uno de los Blazers de camiseta naranja y nadie del otro equipo que lo cubriera. Solo necesitaba era un pase corto y fácil. Pronto se dio cuenta de que el jugador disponible era Kyle.

Cameron tuvo la tentación de quedarse con la pelota. Pero era más importante elegir una opción inteligente. «Deja las emociones a un lado», se dijo a sí mismo. «Elige la opción inteligente».

Cameron se imaginó la jugada. «Haz un pase corto y seguro para hacer avanzar la pelota y luego ábrete para un pase de retorno». Dio a la pelota un toque firme. Fue un pase perfecto.

Cameron corrió a toda velocidad y encontró el hueco. Kyle solo tenía que darle la pelota y tendrían una buena oportunidad de marcar.

—¡Aquí! —gritó Cameron—. ¡Aquí! ¡Estoy libre!

Kyle lo miró de nuevo, retuvo la pelota y trató de superar a dos defensores pasando entre ellos.

No hubo ninguna sorpresa. Una mala decisión. Un resultado pésimo. Los Chargers se apoderaron de la pelota. Un minuto después, el partido terminó con los Blazers en el lado perdedor.

Cameron suspiró.

Si esto seguía así, iba a odiar el fútbol aún más de lo que ya lo hacía.

CAPÍTULO 5

LA ENTRENADORA NECESITA AYUDA

—El equipo no mostró nada de disciplina —le dijo el padre a Cameron. Estaban de pie en las líneas de banda mientras la mayoría de los jugadores se marchaban con sus padres—. No tendrían que haber perdido el partido. ¿No estás de acuerdo?

Cameron asintió. Cuando su padre estaba de mal humor, la opción inteligente era estar de acuerdo.

—Y tu entrenadora sí que necesita ayuda, ¿no? —continuó su padre.

Cameron volvió a asentir.

—Sígueme —dijo su padre, mientras se dirigía al estacionamiento.

La entrenadora Kelly tenía la cajuela del auto abierta cuando la alcanzaron. Levantó el bolso con las cosas del equipo y lo metió dentro. Cuando se volvió y los vio, sonrió a Cameron.

—Hola —saludó—. Buen partido. Hoy diste todo de ti. No podemos pedir mucho más que eso. Buen trabajo, Cameron.

—Debe estar orgulloso de Cameron —le dijo al padre con una sonrisa.

—Paso mucho tiempo ayudándole a entender el juego —dijo James Jones—. Cuando se trata de fútbol, la regla número uno en nuestra casa es elegir la opción inteligente. Me alegro de que Cameron lo haya demostrado hoy.

—Perdimos este partido, pero la mayoría de las veces ganamos —dijo la entrenadora Kelly, mirando al padre de Cameron—. Lo que me encanta es cuando los niños dan lo mejor de sí mismos y se divierten. Es increíble lo rápido que mejoran las destrezas cuando se les

da espacio para cometer errores.

—Aunque nunca está de más ayudarles a entender la estrategia del juego —dijo James.

—Es cierto, pero... —comenzó la entrenadora.

—Me alegra que estemos de acuerdo — dijo James, interrumpiendo a la entrenadora Kelly—. Yo también he sido entrenador.

—¡Qué bueno! —dijo la entrenadora Kelly y cerró la cajuela.

—Y me contó una de las madres que usted se irá durante una semana más o menos para ayudar a su marido con su negocio — continuó James.

—Es un emprendimiento nuevo —dijo la entrenadora Kelly—. Nos estamos divirtiendo al crearlo de cero. El equipo está en una posición sólida, y todavía pueden reunirse sin mí. Solo harán un partido de práctica. Los mantiene en forma y se divierten.

—Bueno, me encantaría ayudar como

entrenador asistente hasta que vuelva —
dijo el padre—. Me sale muy bien dirigir los
entrenamientos. Tengo algunos ejercicios
estupendos. Además, estoy certificado por la
Asociación Nacional de Fútbol, así que puede
confiar en mí.

La entrenadora Kelly no lo pensó mucho.

—Claro —dijo—. Nunca está de más
que los jugadores tengan una perspectiva
diferente del juego. Sería estupendo que pase
la mitad del entrenamiento permitiéndoles
patear la pelota para divertirse. Uno de
mis fundamentos es que también fomento
la creatividad. Me parece bien que se
equivoquen porque pueden aprender de ello.
¿Le parece bien?

—Me parece muy bien —dijo James
y estrechó la mano de la entrenadora
Kelly—. Gracias. Creo que le gustará lo que
verá cuando vuelva. Por cierto, me llamo
James. Supongo que ahora puede llamarme
entrenador James.

CAPÍTULO 6

CONOS Y EJERCICIOS

Cuando sonó el silbato en el siguiente entrenamiento, los jugadores se volvieron y miraron sorprendidos. Era como si nunca hubieran oído un silbato antes.

—¡Vengan y escuchen! —la voz de James se oyó claramente por toda la cancha. Hizo un gesto para que los jugadores se unieran a él en las líneas de banda, donde había colocado una pizarra en un caballete.

—Adelante, siéntense —dijo, a medida que los jugadores comenzaron a comenzaron a agruparse—. Pónganse cómodos. Esto puede llevar un rato.

Cameron se dio cuenta de que los jugadores

se lanzaban miradas sorprendidos. Algunos se encogieron de hombros. Finalmente, todos se sentaron.

—Esta semana, la entrenadora Kelly no está —dijo James, dirigiéndose a los jugadores—, y me ha pedido que me haga cargo mientras ella está fuera. Me llamo James Jones y soy el padre de Cameron. Prefiero que me llamen Sr. Jones, o incluso mejor, entrenador Jones. Llevo años dedicándome a entrenar fútbol. Para empezar, he pensado en pedirle a Cameron que comparta uno de mis refranes favoritos. ¿Cameron?

Cameron lo había oído muchísimas veces, pero, ahora todos lo miraban, y no le gustaba cómo se sentía.

—Solo, puedes viajar rápido —dijo Cameron con toda la seguridad que pudo—, pero juntos, se puede llegar lejos.

—Gracias, Cameron —dijo el entrenador Jones, al tiempo que se dio la vuelta y miró las caras sin expresión de los demás jugadores—. El refrán tiene sentido, ¿verdad?

Nadie respondió.

—Permítanme explicarles, entonces —continuó—. Todos ustedes son grandes jugadores como individuos. Tienen que estar orgullosos de ustedes mismos. Pero si trabajamos juntos y elegimos opciones inteligentes, podemos ser aún mejores como equipo. ¿Tiene sentido?

Cuando nadie respondió, el entrenador Jones señaló a Kyle.

—¿Tiene sentido? —preguntó.

Cameron sabía que su padre le preguntaba a Kyle porque el error de Kyle les había costado el gol del partido contra los Chargers.

Kyle esperó unos segundos antes de responder.

—Claro —dijo.

—Bien —dijo el entrenador Jones—. Entonces, debería gustarte lo que dibujé aquí.

Señaló el caballete y continuó su lección.

—Esto es del último partido, justo antes de

que los Chargers nos marcaran en el último minuto y ganaran el partido —dijo.

Movió el dedo sobre el dibujo.

—Todas las O son ustedes. Todas las X son el equipo contrario —explicó—. Pueden ver que ya dibujé a cada jugador en su posición, unos treinta segundos antes del gol de los Chargers.

El entrenador Jones volvió a mirar a Kyle.

—Aquí estabas tú —dijo, y señaló una O—. Puedes ver que estás a poca distancia del mediocampo. Tenías la posesión de la pelota en ese momento.

Kyle levantó la mano.

—¿Sí? —dijo el entrenador Jones.

—Tengo curiosidad por saber cómo usted sabe eso —preguntó Kyle.

—Me gusta grabar los partidos y analizarlos después —explicó el entrenador Jones.

—Eso es mucho trabajo —comentó Kyle.

—Gracias —dijo el entrenador Jones.

A diferencia de su padre, Cameron no estaba

seguro de que Kyle lo hubiera dicho como un cumplido.

—Ahora, Kyle —dijo el entrenador Jones—, no te lo tomes a mal, pero intentaste pasar la X que tenías delante y perdiste la pelota.

Moviendo las manos con rapidez, el entrenador Jones señaló una X, luego otra X y después otra más.

—¿Ves cómo están separadas en la cancha de esta manera? —dijo—. Al entregarles la pelota, estos jugadores quedaron en desventaja. No pudieron volver al juego lo suficientemente pronto, porque estaban atacando.

El entrenador Jones señaló una O, luego otra, y después otra más.

—Por otra parte, Kyle, justo antes de perder la pelota, podrías haber pateado un pase corto hacia el lado —dijo el entrenador Jones y señaló otra O—. Si hubieras hecho eso, es decir, si hubieras elegido la opción inteligente, habríamos mantenido la posesión. ¿Sabes por qué?

Kyle no respondió, así que el entrenador Jones continuó hablando.

—Los otros jugadores no se habrían encontrado en una mala posición —dijo—. Entonces, podrían haber ido hacia la línea de banda. Esto habría atraído a un defensor para abrir el centro y facilitar el avance de la pelota. ¿Comprenden?

Nadie respondió.

—No hay problema —dijo el entrenador Jones—. Tengo algunos conos. Vamos a colocarlos donde estaban las X. Luego, cada uno de ustedes tomará su posición. Haremos la jugada de nuevo. Esta vez, Kyle, vamos a ver qué pasa cuando eliges la opción inteligente y el pase corto. Les prometo que todos lo entenderán mucho mejor cuando lo practiquemos unas cuantas veces.

El entrenador Jones hizo sonar el silbato y señaló hacia la cancha.

—¡Vamos!

CAPÍTULO 7

UNA DECISIÓN POCO INTELIGENTE

A la tarde siguiente, los Blazers jugaban contra los Volts. La entrenadora Kelly había planeado reprogramar el partido. Gracias a que el padre de Cameron se ofreció a ayudar mientras ella estaba fuera, el partido se disputó.

Al cruzar el centro del campo con la pelota, Cameron vio el número 8 en la espalda de la camiseta de José Padilla. José era de contextura media, con pelo oscuro y pies rápidos. Elegirlo como objetivo fue una opción inteligente. Cameron hizo el pase corto. José lo atrapó perfectamente.

Un jugador de los Volts se movió para cubrir a Cameron y quitarle un pase de regreso hacia la delantera.

Cameron retrocedió.

El jugador de los Volts se desvaneció. Estaba claro que se dispersaban para la cobertura de zona. Esto significaba elegir una zona del campo para proteger, en lugar de quedarse con jugadores individuales para marcar.

Eso le dio a Cameron la oportunidad de volver a estar libre. No les ayudaría a hacer avanzar la pelota, pero era una salida segura si José necesitaba ayuda. El equipo lo había practicado la semana pasada durante los ejercicios que había preparado su padre.

Segundos después, José sí necesitaba esa ayuda. Dos jugadores de los Volts se acercaron, uno de cada lado. Estaban cortando cualquier pase seguro que José pudiera hacer en la cancha.

Pero esto los sacó de su posición y dejaron de marcar a otros jugadores.

Como si estuviera sentado frente a la televisión con su padre sosteniendo el control remoto y congelando la imagen, Cameron podía imaginarse la cancha como si fuera un tablero de ajedrez. En la parte derecha de la cancha, dos Blazers, Drew Allen y Kyle Fenton, estaban completamente libres.

Los dos eran también jugadores rápidos y excelentes en el manejo de la pelota. Si les daba la pelota, los dos se abrirían paso hasta la zona de ataque y tendrían una gran oportunidad de gol.

A Cameron le pareció que José también lo veía. Los jugadores de los Volts estaban demasiado cerca de él. Pero era casi seguro que interceptarían cualquier pase en su dirección.

«Vamos», pensó Cameron. «Haz lo correcto».

Lo único que tenía que hacer José era pasar la pelota a Cameron, que tendría el

ángulo perfecto para desviar la pelota hacia Drew. En un instante, la trampa tendida por los dos jugadores de los Volts terminaría en nada.

—¡Aquí! —gritó Cameron, aunque sintió que no necesitaba decirlo. Habían hecho este ejercicio constantemente en los entrenamientos para prepararse exactamente para esta situación.

José dribló hacia delante unos cuantos pasos más, luego amagó con dar un pase hacia arriba y trató de superar a su oponente más cercano, rodeándolo. Si conseguía desmarcarse, daría a los Blazers una gran oportunidad de gol.

Podría haber funcionado, pero José perdió el control de la pelota. Fue suficiente para que el jugador de los Volts se deslizara hacia la pelota y la pateara hacia su compañero de equipo.

Eso les dio a ambos la oportunidad de ir en línea recta por la cancha. Cameron estaba demasiado lejos para interceptarlos.

No tuvo más remedio que tratar de alcanzarlos mientras el otro equipo se acercaba a la red de los Blazers.

Treinta segundos después, los Volts habían marcado.

Treinta segundos después de eso, José estaba en la línea de banda, reemplazado por el suplente enviado por el padre de Cameron.

CAPÍTULO 8

LA ENTRENADORA... ¿QUÉ?

Cuarenta minutos después, Cameron y su padre estaban sentados a la mesa de la esquina de una cafetería con José Padilla y su padre. El padre de José se presentó como Michael. Michael tenía el pelo oscuro y se estaba quedando calvo. Era alto, de contextura robusta, y llevaba gafas de montura gruesa.

Dos tazas de café sin tocar descansaban en la mesa frente a los dos hombres. Cameron y José estaban tomando dos vasos de leche con chocolate. José estaba sentado frente a Cameron, pero mantenía la mirada más allá de su compañero, como si la pared opuesta fuera interesante.

Miguel sonrió y se dirigió al padre de Cameron.

—Gracias por reunirse —dijo—. Tal vez pensó que quería hablar sobre su decisión de retirar a José del partido. Pero ese no es el motivo por el que quería reunirme.

—Me equivoqué —intervino José—. Me merecía que me sacaran del partido. Especialmente después de todos los ejercicios que hicimos para esa misma situación. Lo siento.

—Cuando la entrenadora Kelly no está aquí, usted está a cargo —añadió Michael—. Así que confiamos en la razón de su decisión, y hemos aprendido la lección.

—Esa parte nunca es agradable para un entrenador —dijo el padre de Cameron—. Cuando Cameron era más pequeño, no dejaba la pelota en ningún momento. Después de que lo sacaran unas cuantas veces, finalmente, empezó a jugar con disciplina. Por eso su otro equipo tuvo tanto éxito. Se trata de ganar. Pero también se trata de prepararlos para el futuro. Ya sabe. Becas.

—Se lo agradezco. Y entiendo el punto —.

Michael volvió a sonreír, y era obvio que lo decía en serio—. Como dije, no estamos aquí para cuestionar sus decisiones como entrenador.

—Muchas gracias —dijo el entrenador Jones—. Eso es importante.

—Sus métodos de entrenamiento son diferentes a los que les ha enseñado la entrenadora Kelly. Eso no es malo —aclaró Michael—. Pero, para ser justos con la entrenadora Kelly, pensamos que usted debería saber más sobre sus métodos.

Michael hizo una pausa y miró a su hijo.

—Aquí, en esta pequeña ciudad, estamos orgullosos de ella —dijo—. Nació y creció aquí, y después de todo lo que logró en el fútbol a nivel nacional, regresó.

—¿A nivel nacional? —dijo el padre de Cameron, sorprendido—. Cuando la googleamos, no vimos nada, ¿verdad?

James se volvió hacia Cameron, que asintió con la cabeza.

—No, no había nada de eso —dijo Cameron.

—Se casó al mes de empezar la temporada —añadió José.

Cameron recordó lo que Drew le había dicho: la entrenadora Kelly ayudaba a su nuevo marido los sábados por la mañana.

—Se cambió el apellido a Harrison —continuó José—. Si quieres conocer su trayectoria en el deporte, deberías googlear "Kelly Matthews, fútbol femenino".

Cameron sacó su smartphone del bolsillo y deslizó la pantalla. Ingresó los términos de búsqueda. Los resultados fueron inmediatos.

—Papá —dijo Cameron después de mirar rápidamente los enlaces—, esto es muy bueno.

Cameron le pasó el smartphone a su padre.

—Jugadora de nivel olímpico —dijo su padre, leyendo uno de los titulares—. Jugadora universitaria del más alto nivel.

—No le gusta hablar de eso —dijo Michael—. Pero es excepcional. Lo que no encontrará allí es cuántas jugadoras de esta pequeña ciudad que ella ha entrenado han llegado a obtener becas en universidades importantes. De nuevo, ella no habla de eso, pero la mayoría de nosotros, los padres, entendemos la razón por la que tiene tanto éxito con nuestros hijos. Y teniendo en cuenta lo que usted ha estado haciendo con los niños durante los entrenamientos, podría encontrar su enfoque muy interesante.

—Soy todo oídos —dijo el padre de Cameron—. Me apunto a cualquier cosa que ayude a los niños a mejorar en el juego.

—Tenemos que irnos —dijo Michael—. ¿Qué tal si investiga un poco más sobre la entrenadora Kelly? Es mejor que lo descubra por sí mismo y decida si ella tiene razón.

CAPÍTULO 9

UN NUEVO ENFOQUE

Cameron se colocó en la línea de banda en el centro de la cancha. Sostuvo la pelota sobre la cabeza para lanzarla. No pudo evitar pensar en su último partido con su otro equipo, los Royal Blues. Habían ido ganando 3-2 hacia el final del partido. La opción inteligente entonces era mantener la posesión de la pelota y hacer correr el reloj.

Ahora, sin embargo, el partido estaba empatado con los Bulls y sus camisetas rojas. Un gol sería superimportante, en cualquier caso. ¿Arriesgarse para ganar, pero correr el riesgo de perder?

Kyle Fenton, rápido como de costumbre,

estaba buscando un hueco en el campo. Intentar un lanzamiento hacia él era la jugada más arriesgada.

El tiro seguro era hacia atrás en la cancha, a uno de sus propios jugadores defensivos. Pero eso consumiría un tiempo precioso del reloj, tratando de hacer avanzar la pelota.

—¡Hazlo, Cam! —la voz de su padre llegó desde las gradas—. Diviértete.

Qué diferencia había marcado para Cameron y su padre ver los videos de la entrenadora Kelly. Durante un tiempo, Cameron había estado planeando decirle a su padre que había perdido las ganas de practicar este deporte. No le divertía estar siempre estresado tratando de tomar la decisión correcta o pensando en que alguien podría estar mirando y tal vez podría darle una beca.

Pero los videos de la entrenadora Kelly que habían visto juntos lo cambiaron todo. Como ella había sido una jugadora de nivel olímpico, su padre se había mostrado dispuesto a aprender de su enfoque.

«La desventaja de una ética de trabajo que da prioridad al equipo es que elimina el entusiasmo y la creatividad y no le da a los niños la oportunidad de desarrollar sus talentos naturales». Esto era de un video de YouTube de la entrenadora Kelly Matthews, donde explicaba su filosofía. Tuvo casi un millón de visitas y miles de comentarios con "pulgares arriba".

«A cierta edad en la que se están desarrollando, no nos preocupemos por ganar. Dejemos que disfruten de un poco de egoísmo para que se entusiasmen con lo que pueden hacer con la pelota. Podemos introducir el trabajo en equipo y la disciplina más adelante. Pero, si han perdido el entusiasmo o no tienen habilidades, ningún trabajo en equipo les va a ayudar a llegar a un nivel de juego universitario».

Después de ver todos los videos, su padre estaba de acuerdo con la entrenadora Kelly. Esfuérzate al máximo y no te preocupes si cometes un error. Lo que aprendas de tus errores te convertirá en un mejor jugador. También puede ayudar a conseguir esa beca universitaria.

Cameron lanzó la pelota hacia donde Kyle se estaba abriendo paso. Fue un tiro perfecto. Kyle no tuvo que bajar el ritmo al alcanzar la pelota.

Pero Cameron no se quedó mirando. Corrió hacia un espacio despejado justo detrás de Kyle. Esperaba que la pelota volviera hacia él para tener una oportunidad de marcar.

Aun así, si Kyle intentaba retenerla, no importaba.

Sí, el fútbol había vuelto a ser divertido para Cameron. Incluso su padre había dejado de grabar videos de los partidos. Ahora la familia veía películas por la noche en lugar de repetir y analizar los partidos de fútbol.

Ante el clamor del público, Cameron no pidió a gritos la pelota. Pero igual, la pelota llegó a él.

Lo atrapó con el pie derecho. Sabía que tenía un segundo antes de que un delantero del Bull se le echara encima.

Cameron fingió manejar mal la pelota para dar confianza al jugador atacante. Era algo que había perfeccionado durante los partidos de práctica, contra sus propios jugadores.

¡Funcionó! El jugador de los Bull se acercó a él con la esperanza de quitarle la pelota para poder avanzar por la cancha. Ahora el jugador de los Bull estaba totalmente fuera de posición, sin poder retroceder a tiempo.

Cameron pasó la pelota por delante del jugador con la camiseta roja y la alcanzó dos pasos después. El riesgo había valido la pena. Ahora tenían una ventaja de dos hombres que iban hacia la red.

Cameron siguió driblando hacia adelante. Otro adversario se despegó para interceptarlo.

Era todo lo que Cameron necesitaba.

Dos de sus compañeros de equipo se apresuraban a tomar posiciones abiertas en el campo. Mejor aún, uno de ellos era José Padilla, que era un gran tirador.

«Es el momento de dar un pase ganador», pensó Cameron. «No un pase corto y seguro. No hay suficiente tiempo en el juego».

Cameron sabía que el intento tomaría al otro equipo por sorpresa. Durante todo el partido había estado lanzando la pelota inmediatamente con pases cortos y seguros. Ni una sola vez había mostrado la habilidad de hacer un pase alto y largo.

Mantenía la cabeza baja, tratando de engañarles para que pensaran que no había visto a los dos Blazers correr más allá de los mediocampistas.

Entonces golpeó como un rayo.

Pase perfecto a José. Resultado perfecto.

José envió la pelota por encima del arquero a la esquina superior derecha de la red.

¡Un tiro ganador!

BIOGRAFÍA DEL AUTOR

Con más de cuatro millones de libros impresos, Sigmund Brouwer es un autor de libros de gran éxito tanto para niños como para adultos. Vive en Red Deer, Alberta, Canadá. Para obtener información sobre sus presentaciones en las escuelas, visita www.rockandroll-literacy.com.

BIOGRAFÍA DE LA ILUSTRADORA

Katie Wood se enamoró del dibujo cuando era muy joven. Desde que se graduó en la Escuela de Arte y Diseño de la Universidad de Loughborough en 2004, ha vivido su sueño trabajando como ilustradora independiente. Desde su estudio en Leicester, Inglaterra, crea ilustraciones brillantes y vivaces para libros y revistas de todo el mundo.

GLOSARIO

agresivo—fuerte o asertivo

creatividad—la capacidad de inventar o crear un trabajo original o imaginativo

desventaja—una circunstancia desfavorable

disciplina—control o determinación que se consigue con entrenamiento o autocontrol

emoción—un sentimiento o respuesta fuerte como la alegría, la tristeza o el amor

entusiasmo—gran interés

éxito—haber obtenido el resultado deseado

fingir—simular un movimiento determinado en el deporte para engañar al adversario

interceptar—interrumpir el movimiento de un jugador o un pase, o tomar el control de la pelota del adversario

perspectiva—vista visual o mental

porcentaje—parte de un todo basada en un total de cien partes

posesión—propiedad

PREGUNTAS PARA DIALOGAR

1. ¿Por qué Cameron ya no disfrutaba de jugar al fútbol? ¿Por qué motivo seguía jugando a pesar de que ya no se divertía?

2. ¿Alguna vez has estado en una situación deportiva en la que hayas sentido presión? ¿Era una presión que te imponías a ti mismo? ¿Era presión de otras personas? ¿Eran las dos cosas? ¿Cuál crees que es la mejor manera de afrontar esta presión?

3. ¿Por qué Cameron estaba tan contento de volver a jugar al fútbol? ¿Crees que se aprende mejor cuando te permiten cometer errores? ¿Qué aspecto positivo ves en cometer errores?

SUGERENCIAS PARA LA ESCRITURA

1. En el capítulo 4, Cameron da un pase a Kyle, pero no recibe un pase de regreso para poder marcar. En consecuencia, la decisión de Kyle le costó un gol al equipo de Cameron. Más adelante en el partido, se produce la misma situación. Esta vez, Cameron tiene la oportunidad de no darle la pelota a Kyle, pero elige la misma opción inteligente y hace el pase. Una vez más, Kyle acapara la pelota. En un párrafo, cuenta si tú habrías hecho ese segundo pase en su lugar, e incluye tus razones.

2. En el capítulo 7, el padre de Cameron saca a José Padilla del partido porque José se quedó con la pelota en lugar de pasarla como los jugadores habían practicado. El padre de Cameron estaba adoptando el enfoque opuesto al de la entrenadora Kelly. Escribe un párrafo desde el punto de vista de José sobre cómo se sintió cuando lo castigaron por elegir el enfoque de un entrenador en lugar del otro.

GLOSARIO DE FÚTBOL

El fútbol tiene algunas palabras estupendas para describir a los jugadores, el campo y las jugadas. Aquí tienes algunos términos que te ayudarán a disfrutar del juego.

árbitro—el oficial deportivo encargado de dirigir el juego y de garantizar el cumplimiento de todas las reglas

arco— un área donde un equipo marca contra otro equipo

arquero—un jugador (también llamado portero o guardameta) cuyo trabajo consiste en defender el arco

cabecear—golpear la pelota con la frente, ya sea para bloquearla, dar un pase o tirar al arco

cobertura de zona—un tipo de defensa en la que a los jugadores se les asigna una posición en lugar de que un jugador vigile a otro

delantero—uno de los cinco jugadores ofensivos del equipo que intenta hacer avanzar la pelota y marcar

driblar—utilizar los pies para desplazar la pelota contigo, especialmente alrededor de un adversario

liga de primera categoría—una asociación de equipos que es la primera en importancia o rango

lateral—un jugador del mediocampo en el lado izquierdo o derecho cuya función principal es marcar goles

líneas de banda—zona fuera del campo principal de juego

marcar—vigilar a un jugador contrario

mediocampo—zona central de la cancha entre ambos arcos

partido de práctica—un partido informal, normalmente, se juega para preparar un partido real